POESIE FÜR KINDER

Weihnachten

Joseph von Eichendorff

Illustrationen von Pe Grigo

KINDERMANN VERLAG

BÄCKEREI

Markt und Straßen stehn verlassen,
Still erleuchtet jedes Haus,
Sinnend geh ich durch die Gassen,
Alles sieht so festlich aus.

An den Fenstern haben Frauen
Buntes Spielzeug fromm geschmückt,
Tausend Kindlein stehn und schauen,
Sind so wunderstill beglückt.

Und ich wandre aus den Mauern
Bis hinaus ins freie Feld,

Hehres Glänzen, heil'ges Schauern!
Wie so weit und still die Welt!

Sterne hoch die Kreise schlingen,
Aus des Schnees Einsamkeit
Steigt‘s wie wunderbares Singen –
O du gnadenreiche Zeit!

Weihnachten

Joseph von Eichendorff

Markt und Straßen stehn verlassen,
Still erleuchtet jedes Haus,
Sinnend geh ich durch die Gassen,
Alles sieht so festlich aus.

An den Fenstern haben Frauen
Buntes Spielzeug fromm geschmückt,
Tausend Kindlein stehn und schauen,
Sind so wunderstill beglückt.

Und ich wandre aus den Mauern
Bis hinaus ins freie Feld,
Hehres Glänzen, heil'ges Schauern!
Wie so weit und still die Welt!

Sterne hoch die Kreise schlingen,
Aus des Schnees Einsamkeit
Steigt's wie wunderbares Singen –
O du gnadenreiche Zeit!

Anmerkungen

Der Autor **Joseph von Eichendorff** (1788–1857) gilt als einer der bedeutendsten Vertreter der deutschen Romantik. Als Lyriker und Schriftsteller verfasste er Gedichte, Novellen und Theaterstücke sowie Prosatexte. Seine wohl bekanntesten Werke sind das Gedicht »Mondnacht« und die Erzählung »Aus dem Leben eines Taugenichts«. Nach vielen Reisen und zahlreichen Wohnortwechseln verstarb er im Alter von 69 Jahren.

Die Illustratorin **Pe Grigo**, geboren 1972 in Bielefeld, lebt und arbeitet als freischaffende Künstlerin in Bielefeld. Sie zeichnet seit ihrem zweiten Lebensjahr und hat nach einer Ausbildung zur Designerin und Mediengestalterin ihr Hobby zum Beruf gemacht. 2017 gewann sie den Carl-Buch-Preis für das beste Jugendbuchcover. Wenn sie nicht gerade illustriert, sitzt sie in ihrem Apfelbaumgarten, spaziert durch den Wald oder sieht ihren beiden Kindern beim Wachsen zu.

POESIE FÜR KINDER

2. Auflage 2022
Illustrationen: Pe Grigo
ISBN 978-3-949276-02-6
Druck: PBtisk a.s., Příbram (Tschechien)

www.kindermannverlag.de
Instagram: @kindermannverlag

MIX
Papier | Fördert gute Waldnutzung
FSC® C004378